歌集

微睡

大久保明

青磁社

微睡＊目次

歌集 微睡

飢えもまた郷愁となりぬ水無月の垣根に茱萸は艶やかに照る

無言館

野葡萄の熟れゆく垣に蟬声の絶えて抜け殻ひとつ光れり

出征の前夜　妻を横たえてカンヴァスに遺せる秋草の色

無言館に自らを遺す若者の名の刻まれし石のパレット

蓑笠

落柿舎に柿の実濡らし通り雨蓑笠ひとつ軒に掛かれり

南天の実のひと房の赤々と雨の日暮れの明かりとなるも

昨夜の雨もみじの枝より滴りぬ石灯籠へ朝の光差す

草かげに女人の姿想わせる浮彫の見ゆ切支丹灯籠

もみじするあせびの枝になお赤き新たなる葉のひらく霜月

松魚

白絣かんかん帽の芥川龍之介《りゅうのすけ》風を受け居る壁の写真に

鰻屋に半時を待つ　久々の逢瀬のごとく妻と鎌倉

鎌倉のかつをを食した芭蕉の句文学館に松魚とありぬ

黒のソフト

またひとつ帽子欲しかり赤い羽根一本着ける黒のソフトを

リビングにカサブランカの匂い立つ雄蕊剪られし静かなる白

西空はマーマレードの色に染む　オレンジピールの三筋が混じる

モナリザと弥勒菩薩の絵ハガキの微笑みふたつ除夜に並べる

腰越

冬ざれの渚にほそき海鳥《うみどり》のしるき足跡真直ぐに続く

漆黒と紛う濃き藍冬晴れの腰越の沖白き帆のゆく

雪兎

曇天のうすき日差しに庭先のぼんたん下がる眠れるごとく

やっと今朝ひよどり来たり紅のホーリーの実のほかなき庭に

いっぽうの耳の溶けたる雪兎南天の実の眼のうるむ

薄氷に細き水路を拓きゆく水鳥の首青くすがしき

夢ふたつ

新しき舗装道路の真ん中にひといき入れる蟇蛙おり

仏花リュックサックより覗かせて老いたるひとり坂上りゆく

晩雪《おそゆき》のうすら残れる山椒の枝に弾けるごときさみどり

図書館に茂吉を読めばあかげらの友呼ぶような鳴声きこゆ

第一章終わりに挟みしガンダーラ女人の顔に繰り返し会う

夢ふたつ一夜に見しは哀しきをいずれにも出でぬ人のありけり

親を看る話にまして辛かりき病める子を持つ友の語るは

ヒメヒオウギ

大鴉いちわの揺るる電線にうすづきまあるく浮かびあがり来

さらさらと箒の音の立つ道に今日を急げる足音混じる

ヒメヒオウギ小さく硬きはなびらの鋭く尖りゆく暗き翳もち

日差し強し小さき黒き自らの影に入りたし梅雨は明けたり

ぎぼうしの葉かげに長く尾を引ける蜥蜴に夏の色の深まる

幽霊草

偽物が大手を振る世　アルコールフリービールの売り上げ競う

羽化の順縦列作り上る蝉欅の幹に静寂のあり

またの名を幽霊草の涼しかり初雪草の真夏に盛る

顔

ビートルズ世代と言われし君逝きぬロンドン五輪開幕の日に

詰襟の顔から孫を抱く顔　写真に棺の顔を重ねる

退院の見込みを聞きしは朝なりきその日の夕べ訃報届けり

萩

糸を垂れ波に揺らるる釣り人を午睡の続きのごとく眺むる

川原にくれないの萩咲き初むる寂しき人を抱くがごとく

遠雷に応えて揺るる萩の枝の水面に雲の形崩しぬ

寺町の角の土塀に赤とんぼ翅を鎮めて吾の影に入る

大樟の下に鎮もるお稲荷に供えられたり白き野の菊

眉の間に黒子を持ちし亡き姉を向かいの席に見る思いせり

晩夏の昼下がり行く蝶ふたつ触れ合う影が黒々と地に

海原

海猫の声騒がしき三陸の昏き海面に曙光兆しぬ

幾人の命沈める海原に筏は揺れる児を諭すやに

やすらかにと名付けられたる木仏の凪の海原向きて立ちいる

日が差せば飛び出しそうな千羽鶴海の色なり青き翼は

丘の上に規則正しく並びしは柱も梁も無き仮設住宅

仮の世と思えど哀し仮住まい草木は早くも根を下ろしたり

せりあがりし波の高さを示す木々コンクリートの色をして立つ

世を統べるごとくに霜月丈高く皇帝ダリアの紫開く

かの山のかの川語る戻ること無き故郷はかくも美し

極楽寺

名ばかりの駅舎にあれど極楽寺トンネルを過ぎ光溢るる

春来れば花の降るらん参道に石蕗硬き蕾連ねる

古き井の石組の桁時古りて囲えり黄なる河骨の花

あおがえる小さき背のうすみどり微塵も見せぬ短き一世

薔薇園にバラは終わりて中空ゆ楡は黄金の光を降らす

尖石

尖石遺跡の石は樹の傍にいまだ尖れるなにもなさげに

白き馬湖岸を奔る魁夷の絵御射鹿池《みしゃけがいけ》に位置を確かむ

秘仏なればかくも小さき歓喜仏象の頭《かしら》は思いもよらず

一枝の茶花を持ちて戻り来る坊守の草履敷石をゆく

こんにゃくの花

白秋の散歩道なりき裏通り猫に兎に菜の花の咲く

梅の枝に短冊揺れる小田原城ことば選りつつ曲輪をたどる

「朝早く売れきれます」の柳屋にうぐいすあんぱん手早く選ぶ

白秋の童謡館の玄関にこんにゃくの花いまや開くも

二階家に上りと下りの階段が東と西に行儀よくあり

「ゆりかごの歌」の流るる奥の間の毛氈の緋に雛の黒髪

まどろみており

やまぶきの黄の色波うつ初夏の光の中を御堂へわたる

黄の波の白き波頭の山吹の海原を越え半臥菩薩へ

中宮寺弥勒菩薩の肩の辺に吾をあずけて微睡《まどろみ》ており

筑波山

ふたつ峰持つ筑波山くきやかに常磐線は鉄橋渡る

ふたつ峰ひとつに見ゆる地に在りて母はひと世を静かに終えぬ

女体山《にょたい》なる名を持つ峯に登りしは小学五年の桜咲く頃

男体山《なんたい》と女体山《にょたい》の間の落日に照りたる柿を庭先に採る

柿岡の名を持つ地にあり我が族昼夜の空を仰ぎて生きし

柿の木に拠り大地震を過ごしきと祖母はその瘤撫でては語りき

常磐線が横浜駅に来ると云う故郷は今向こうから来る

天空の青

石橋の陰にやんまの尾を垂れて八坂神社に秋風の立つ

亀の上に伸びたる枝に青鷺は影となりたり夏終わる空

白川の流れ明け初め柳葉を揺らすかのよな鐘の音聞こゆ

行者橋なるほそき石水の上に影ゆらしつつ児ら渡り行く

小波が表と裏を見せながら天空の青織り上げてゆく

蓮の葉の滴の映すこの世なり時に大きく歪み揺らげる

白川の流れを渡り行き止まり奥に小さく光秀の首塚

比叡山の姿を映す水張田に白鷺歩む雲わたるごとく

放生会祇園白川巽橋芸妓の手より金魚放たる

五十鈴川

二十年経し旧宮の茅葺に生うる緑の苔の鮮やけし

天地を幾度廻るかこの水は吾が掌の上に五十鈴川流る

青銅の蟬

落日を背にする富士山《ふじ》のうすずみの色穏やかにすすきの原に
逃さぬよう静かに閉じよ　青銅の蟬一匹の置かれし扉

椨の樹の薄暗がりの稲荷社に毬栗ひとつ供えてありぬ

正宗の屋敷にありき稲荷社は石屋根に刃の跡のありけり

郁子の花

郁子の花バロック真珠の形なす耳朶の温もり知りたるも春

卯月の空の青きに地の芽吹き誘うひかり今朝はつよかり

航跡に雲の間より射す光水面はゆるく碧に戻る

唐墨

姿勢良く並び臥せいる魚一連腰をかがめて七輪に載す

徳利の小ぶりな白磁に副えられた織部の皿に鱲子ふた切れ

三度目の妻を娶りし棟梁のやけに明るい神輿宮入り

締込の似会う漢《おとこ》の無き街は短パン親父が子らに付き添う

貌

消炭のみっつをもちて貌作る雪のだるまに久しく会わず

昨夜の雪被りし富士山《ふじ》は迫り上がる仁左衛門の白塗りの貌

雲もまた解き放たれしか氷無き水面を光り包みて行けり

大空へ放り投げたる児らの声雪山を背に辛夷ひらけり

しののめの梢に黒き影となり鴉が時をやり過ごしいる

月訪う

今日もまた駐車スペース借りに来る病む父見舞う隣家の子は

退院はかなわず一夜戻り来て自室に逝けり　朝に弔う

遺影に咲く桜は二年前　開花宣言今朝のラジオに

若き日の友ら現れず告別式ひとすみに香の淀みてありき

手に取ればひとしお菊の香り立つ釣果を語りし顔の浮かびぬ

うっすらと紅施されし友の顔白菊黄菊に包まれてゆく

亡骸となりたる友の部屋の窓十六夜の月訪うごとく照る

トネリコの花

地に割れし青白色の卵三つ有精卵の証見せたり

梅雨寒の砂場に鳩のまどろめる地の温もりをしかと抱えて

夜を持たぬドームに育ちしレタス一枚胃の腑に落ちて今日の始まり

トネリコの花は光を泡立てて故郷となりし町は初夏

児の影より出でたる蟻がそれぞれの影持ち走る砂山を越え

朝まだき網戸を伝い上りゆく蟬の出立を伏して眺む

三センチ

終バスを待つ青年のタブレット万葉秀歌を読みているらし

スキップで桜の下を児らの行く花びらの渦置き去りにして

おすそわけしてほしきと妻の言う真夜の時間の深き眠りを

門に立つゴールドクレスト傾けり客を迎える所作のごとくに

昨年生れし蜥蜴の子らが並びいるそれぞれの背に五月耀よう

三センチ歩幅を狭め君と行く明日には腕を組むかも知れぬ

野路菊

あかねぞら葱を背負いし大籠に野路菊ひとたば揺らせて帰る

裏山に猿の住みたる法然院時には野の花もちて来るやも

蟬の声消えたる朝わが身にも血圧計は秋を告げたり

樹の落す影も昨日より淡くなり地を行く蟻の歩み軽しも

ゆらりと豆腐の揺れて酌の手の止まれば暫し静寂の来ぬ

稲荷社の鳥居を潜り石蕗の花の明かりを伝いて参る

E・T・

白月の統べる空へとE・T・の自転車を駆り昇りてゆかむ

やまぎわに大きなる陽を支えつつ睦月の富士《ふじ》山は昏みを深む

落日を留めるかのごとく高層のビルのクレーンのアームが延びる

円覚寺

蠟梅の花震うまで経を読む青年の声遅しくあり

茶の花の咲ける根元に霜柱日の射しくれば虹を立たしむ

ブロッコリー水菜の育つ僧坊の菜園までの長き石段

まんさくの花の盛りの樹の下に鶺鴒の尾しばし鎮まる

ひともとの水仙のみの仏花追儺もちかき障子あかりに

藁衣冬の日差しの遊びおり内には牡丹の紅の芽伸ぶ

寄り添いて福寿草の花ひらく霜溶けし後の柔らかな土

木仏の捧げるさるのこしかけに小銭が積まれこぼれていたり

谷戸深く明け初むる空道場の若き読経の声上りゆく

白梅の綻び初めし谷戸の道とんびの大きな輪の影の見ゆ

手鏡

やっと今日は腫瘍の文字を覚えたり妻の頭部に密かに宿る

モニターに妻の脳内覗き見る夕暮れ時の入り江の影か

小一時間医師の語るはリスクのみ手術前夜の儀式なりしか

手術室へ妻を送りて半日を水族館の魚となり過ごす

病棟の屋上に茅花戦ぎおりただ安らぎの光となりて

タンカーが防潮堤を滑りゆくそんな角度に海を眺める

妻にある記憶なき八時間　吾には消せぬ記憶となりぬ

文字盤を使い会話をする妻の腫れ引かぬ指ふくよかに美し

掌をしきりに眺めいし妻は顔にもそっと指を這わせる

鏡見ぬ日々をベッドに二週間妻へ手鏡そっと手渡す

日々草をそろそろ植える頃よねと妻の心に季節は移る

妻の不在四日となりて朝七時おーいと階下へ声を掛けたり

お勝手におならをひとつそれとても妻居らぬ日の虚なる音

初夏の日差しに一歩踏み出せる妻の襟足に手術《オペ》の痕見ゆ

妻の身を久方ぶりに受け止めて上りゆくなりゆるやかな坂

蟬穴

はなびらのうねりのはてに霜月の青空のあり皇帝だりあ

初生りのみかんの二つ朝毎に触れては確かむ熟れゆくさまを

鶏頭の花の赤さよモノクロの「東京物語」に幾度か見き

止まり木に鴉のごとく居並びて友の愛せし浦霞酌む

病床に君がぽつりと漏らししは百歳越ゆる父の行く末

石段を上り終えて花を供う　蟬穴ふたつゆっくり跨ぎ

文箱

んだんだと肯う言葉のやさしかり茨城訛りの電話の父は

歌人《うたよみ》を生涯の友とせし父の文箱に古き「塔」の一冊

茨城の生まれにあれば筑浦なる筆名持てるが父に書きくる

八十歳越えたるころより密かにも日記の端に歌記す父

七十歳の父の日記に記されし子との葛藤吾もまた記す

時により父の日記と対話するそれ以上老いることなき父と

父の手に触れたる記憶おぼろなり父の手になる湯呑みを撫ずる

逝く前夜足の弱りを嘆く歌遺して父の日記は終わる

月山

六十年歳月を経て再会す互いに白毛の混じる髭もち

雪渓に君の靴跡深くあり歩幅を合わせ従いて行く

月山の嶺の雪渓水無月の空に斑な光を投げる

月読命《つくよみのみこと》にわが身を委ねたり人形《ひとがた》水面にそうっと放てり

黒百合の密かに咲ける尾根道は芭蕉辿りし奥の細道

頂の大岩陰に湯を沸かし霧の晴れ間に味噌汁すする

みはるかす庄内平野梅雨空の境に光る最上川鈍く

昏みゆく空を背にして月山は庄内平野を裾に抱けり

赤川の名前の由来庄内の野を戦場《いくさば》としたる時代のありき

開拓も開墾も遠き日となりぬ　庄内平野早苗田の美し

地吹雪を遮る柵を巻き上げて庄内平野に春は来たりぬ

二四四六段を踏む羽黒山一人にあればしばしば休む

田の畔に咲くたちあおい高々と雪渓残る月山を背に

海月

ただただにゆらげるくらげ官能の摂取と排泄器官はひとつ

アンブレラ広げて踊るチャキリスの脚のリズムをクラゲに見たり

周平

教え子と結ばれしこと周平の年表に見る硝子の向こう

療養のつれづれを句に周平は歌を詠みたる気配はあらず

周平の国に降る雨ひたすらに何やら吾に語らむとする

戦国の時代を語る遼太郎マス目にならぶ文字のやさしき

京ことば

白河の流れに触るる柳葉の枝のしなりが夜気を震わす

篝火の熱きを知りぬ鵜飼船のみどを下る酒の涼しき

石の声聞かむと訪ねし龍安寺異国の言葉の渦に浸れり

渡月橋手前の茶店ムスリムの女人の手になる弁当を食ぶ

嵐電のレールを挟み京ことば行きて帰りて電車来るまで

弟

弟のがたいが砕かれ音立てて今骨壺に収められゆく

褐色の陰りを見する部分あり青色滲む部分も混じる

病むことの久しくあれば薬品の功罪もまた数多あるべし

血色の良き頬に似た色の樹脂一対の義歯壺へと入りぬ

微かなる動きに応え僅かにも動きのあれば屍哀しき

座禅組む僧にも似たると言う骨を収めて静かに言葉戻り来

白き夜

三十八度線越えたる痕を掌にゆくり広げる話の間に

「抑留者」「引揚者」をバスに聞く古語となりたる響きを持ちぬ

シベリヤの四年を静かに語るとき握る徳利は軋む音せり

ラーゲルの白き夜より戻り来し叔父は好みぬどくだみの花

ラチエン通り

ベ平連文字を透かせるガラス越し開高の愛でし越前水仙

赤と黄と闇の黒とのルアー持ち開高健の釣りしは何か

風呂厠厨を備え籠りたる開高健の戦場を覗く

トリスバーそんな感じに設えた開高健の家の客間は

健三郎そして健の時代遠し冬ざれの湘南にシラス丼喰う

渚へと至るラチエン通りゆくサーフボードを抱えて弥生

春楡

春楡の一木造りとある観音底の見えざる鉈痕ふかし

わずかなる肩の傾き観音の視線のうちに身を入れむとす

一木に生れたる観世音菩薩像肩のわずかに傾き立てる

遍路

漱石の若き憂いを思いけり「坊ちゃんの間」の障子明かりに

讃岐富士遠巻きにして菜の花に見えて隠れて遍路の笠が

歩くなりただ歩くなり菜の花の一本道に歩き遍路は

桜咲く峰へと辿る祖谷を行く五月の鯉は空を泳げる

碧玉の淀みに跳ねる魚の音四万十川に春の読点

かずら橋揺れに逆らう妻の身の軽やかにあり術後も三年《みとせ》

大雨の襲来告げる画面には沈下橋が斜めに走る

大山蓮華

萼の葉を台《うてな》となして初夏の風神雷神ときに遊べり

首長き恐竜の子ら日を仰ぐアガパンサスの蕾の連なり

サフランとクロッカスの違いなり吾と君との仲違いの理由《わけ》

梅雨明けの坂を上がれば白芙蓉ひらきて今日の重力は軽し

桜桃の色と形をなせる実の不思議をひろえり　ヤマボウシの実

泰山木大山蓮華花開く生まれ変わることを信ず

水の変容

無駄のなきかたち水玉集め散らす草間彌生の脳内をゆく

自らの形は見せず身を寄する器選ばぬ水の変容

主役

診察の間の待合それぞれの臓器が主役となれる語らい

両腕にふたり子抱き眠りいる女の揺るるバスの後部に

聴秋閣

亀の背に乗りて渡らむ春泥のとろりゆるりと艶めく蓮田

音を立て降る秋雨を切り捨てる角度をもちて枯蓮が立つ

咲き初めし萩のひとむら池のはた水面に鎮まる聴秋閣は

梅雨の間の空にしらくもうっすらと君の便りの結びのごとし

隧道を潜れば潮風江ノ電に友の訃報をメールに受くる

魚もまた塒に戻らむ刻となる流れに立てるアオサギも影

積乱雲ものともせずにさるすべり縦横斜めに花の枝伸ばす

昏みゆく流れに立てる白鷺の視線の先を探しいるなり

デルフト

デルフトに求めし木靴リビングに履きたる娘も母となりたり

デルフトの皿の風車が回り出す雨戸の隙間に日の射しくれば

加波山

ひとつふたつ蛍のよぎる水無月の畔ゆく影を父と思いき

事件など知ることもなく空をゆくパラグライダーの基地たる加波山

山肌を撫ぜのぼりゆく霧うすれ姉の墓標に滴のこれる

桐の花薄紫に霧を染む母の遺せる風呂敷の色

あだたら

十九の墓碑の並べる飯盛山ふたつめにあり虎の字を持つ名

ファッシストがナチスが讃えし白虎隊吾は惜しみぬその若さゆえ

あたたらと読みていし吾あだたらのだをゆっくりと鼻にぐらす

糠床

秋告ぐる雨にあらずや紅のハイビスカスのはつかに濡れて

ふるさとの名を持つあまたなる施設　形の失せし吾のふるさと

門口に吹き寄せられし葉の明かり　だあれも居らぬ家に戻りぬ

妻の居ぬ日も三日糠床にそろりそろりと手首まで

稱名寺

玉眼に稲妻爆ぜる仏殿に雨過ぎゆける時を過ごしぬ

葉脈を明らかにして地に伏せる銀杏をヒールが踏み砕き行く

潮の香の幽かに通う参道に十月桜の花びらを踏む

障子戸を僅か開きて暗がりの厨子に仏の金色を見る

紅葉する草生をつなぐ太鼓橋褪せたる朱の鎮まりてあり

祖母

心音を探れる医師の手が離れ静かにこちらに向きを変えたり

人の死に初めて会うは祖母なりき走り帰りて指に触れたり

婆さんっこと言われし吾　祖母は祖母なり母は母なり

日の暮れの伸びたる時を群雀影の重きを紅梅に載す

水馬

鏡花の筆塚越しに見ゆる池甲羅ふたつに花曇りの照り

数多なる絵馬の重なり掛ける場所探す子のあり選ぶ子もおり

撫で牛の角《つの》をしきりに撫でている影ひとつあり宵深まりぬ

空洞を持つ桜木の札下がるこの春限りの花を咲かせて

水馬の繰り出す水の輪走り出し葦に届きて解けてゆきたり

翡翠を待つ放列が一斉に方向変えるドローンに向きて

蛍袋

抜きもれしひともと咲ける十薬の明かりとなりぬ　五月闇降る

幾度の脱皮にあるかヌマエビの殻積む底を水草の這う

薄紅の蛍袋を手に持ちて闇路を母は戻りて行きぬ

鍵善

五十年前の二人に戻りたり四条鍵善葛切りの椀

鍵善の小庭に水無月の明かり満ちひよどり一羽影となりたり

臥す吾に祖母調えしは葛湯なり幼き頃の土蔵の記憶

濡れ光る幾筋かの揺れしずまりて黒蜜ゆるり舌へ纏わる

滑らかに喉を下る葛切りの重みがいつか楔となりき

祇園会の賑わい届かぬ黒蜜の匂いの内に吾を沈める

峰寺山

日の沈む筑波の峰の傍らの峰寺山より鐘の響けり

菩提寺の住職のみが知る祖父に似てきたようだ　住職が言う

後の日に思えば驟雨日を置かず耳管に降りたる長き日々あり

夕立が日癖となりぬ　この一行里芋の葉に添えて届きぬ

あしびきの山に抱かるる古井戸のごとき小さき湖に照る月

マスカット

夏掛けを日向に広げる足元にほととぎすの花の斑文様

手際良く入院準備をする妻に不安を覚ゆ手術を受ける身

明らかに視野の欠如を覚え初む検査結果を受けたる後に

片目にて腕を伸ばせば空間は予想を超えて膨らみてあり

三十年前に告げられたる病なり我が身に時は誤らず過ぐ

眼球に針を潜らす気配ありマスカットの実の柔い揺らぎが

蒲公英

片瀬山潮の匂いの上りくるカフェに冬日の温もりを待つ

公園の灯りを独り占めにして芝生の裸婦像膨らみ始む

弔いの席より庭に下り立てば吾にもの言う冬の蒲公英

遠近の不明なる空一月のニコライ堂の青銅の屋根

ミニチュアの小瓶ひとつのふたを開けたそがれ時の風を立たせたり

冬麗の空

カタバミの茂みに厩の聖家族日暮れの近き聖堂の庭

霜光る小道をゆける尼僧らの衣に触れつ揺れるつる薔薇

季くれば桜の覆う窓に凭る枝越しに見ゆる冬麗の空

柔らかき死を思う櫨の赤き葉の散りて重なるもうそれで良き

木末には夕日の残る木立闇からすうりの花白々著し

逍遥

ふたもとの柿の木故郷《くに》より運び入れ雙柿舎《そうししゃ》と逍遥名付く

異国へと誘う海原見下ろせる書庫の風見に逍遥の心

枯れ残る柿の木越しに茫洋と太平洋の拡がりてあり

逍遥の焼き捨てしものはなにならむ楽焼窯風の焼却炉遺る

逍遥の踏みたる上がり框より熱海桜の盛りを臨む

江戸明治大正昭和の四世を生きて熱海の丘に眠れり

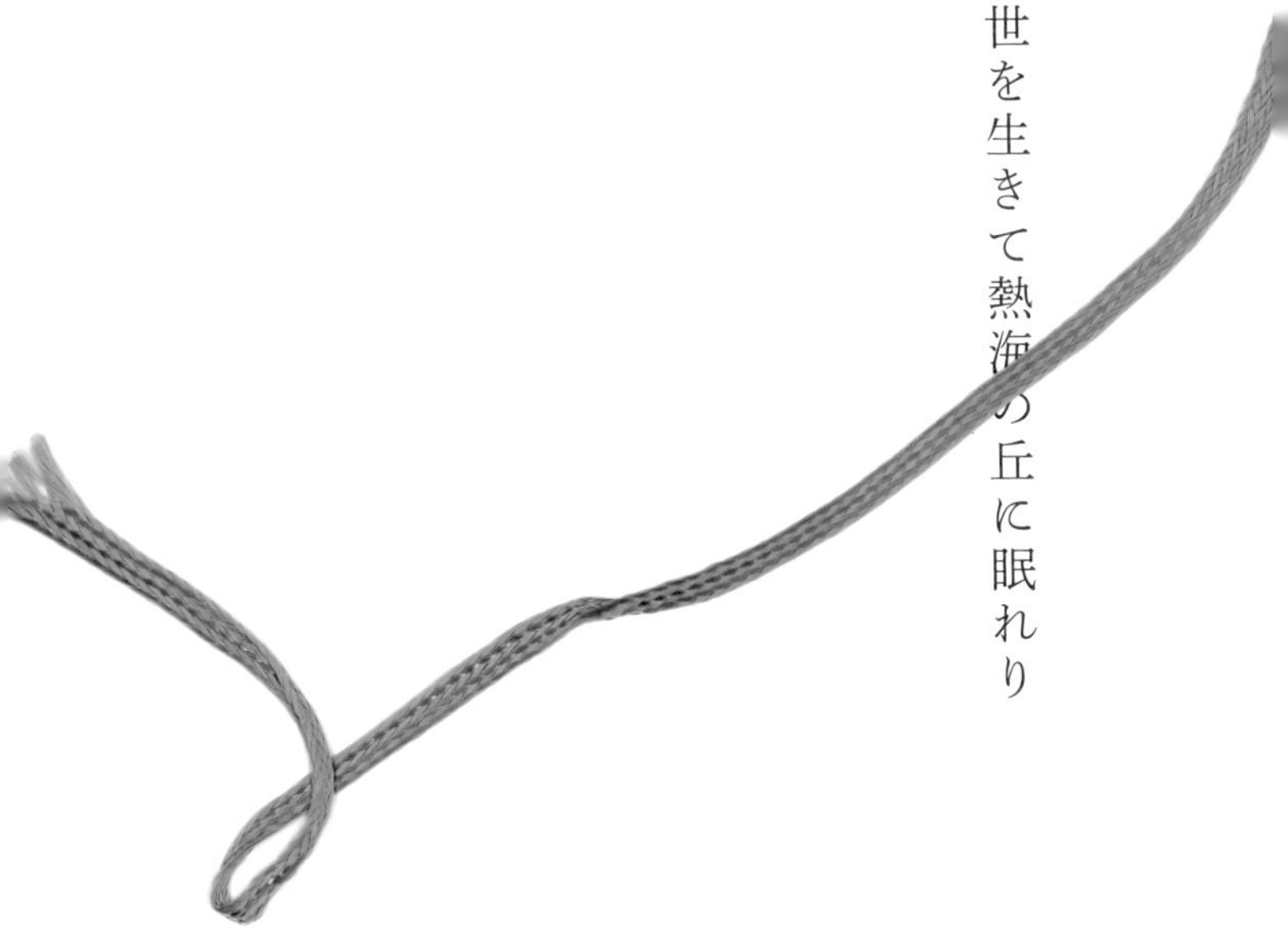

本日の視野

目を覚ます左右の眼をゆっくりと見開き確かむる本日の視野

蓮の花開く音聞きたしと思い巡れどもたまさか蛙の飛び込む音か

十センチ四方の秋のパリの絵の三分の二には空が広がる

濃き影を持ちたる鳥が飛び立てりコンクリートに熱を残して

水仙

新橋の機関車広場の薄氷に深夜の星も停まりてあり

烏森神社の角に立ちし日の記憶の中の水仙の花

閉店を告ぐる便りの追伸に陸前高田へ戻るとありぬ

炬燵

雪積まぬむつき金沢雪つりを遊ばせ松の緑ふかまる

苔庭に草摘む媼の綿入れはまあるくありぬ炬燵のごとく

水仙に寄せて挿されしねこやなぎ花芽にひとすじ紅のみゆ

床の間のすこし傾げる一輪の椿に朝の雪原の光

霜解けの傾り下ればはや梅林にはや散り終えし白梅にあう

雪積める山門に立つ若き僧湯上がりのごときその面と足

躙り口半身畳めば玉椿奥の床より吾を誘う

「若葉雨」織部の椀のさみどりに偲ぶかの日の唇の色

床の間にくまがいそうの一輪の去りゆく君のすり足の音

ムスカリ

雪を割り濃き藍色を携えて二月の空へムスカリ咲けり

地方選近づきたれば白梅の遠景としてポスターの顔

植え替えの桜の若木新たなる土の匂いに包まれて立つ

おそゆきを枝につもらせ雪やなぎ緩やかな弧の重なりを描く

鶯の声なく過ぎゆく三月を「蛍の光」風に乗りくる

三色のビオラの鉢をぶらさげて飲めぬ日送る友を訪ねる

地縛りをゆっくりと引く先に咲く黄花がときどき動き見せたり

我が庭の

薄紅のあまたなる舟はつなつの宙《そら》へ漕ぎだす　花水木に雨

月をひとつ真上におけばはなみずきことごとく花に光の満つる

初夏の光にうすきはなびらをさらに透かせて花水木ひらく

半纏

雨の日は畑に出でず機を織る母にとっての休息なりき

お蚕《かいこ》の桑食む音か真夜の雨いずこに宿らむ逝きたる母は

筬《おさ》も杼《ひ》も覚えておれば臥す母は手指をしきりに空におよがす

母の手になる絣の半纏を彼岸過ぎたる日差しにあてる

菩提樹

欧州に戦争の無きこの七十年古希を迎えし友はメールに

夏至近く薄明ながき庭先のばらの白きに残照のあり

菩提樹の花の零れる中に座し時間の衣の薄らぎを覚ゆ

百日紅

鬼灯を口に含みて音鳴らす姉に教えを乞いし日のあり

己が椅子に座せるがごとく長々と尾をのべ蜥蜴ベランダに在り

昼下り精一杯にひらき切る百日紅の花独り見上げる

長月に入りてひらけるハイビスカス遅れおくれの深き紅

西瓜ひとつ股座に抱え撫ずる祖父戦終わりし夏のことなり

十八年生きたる犬の眠る庭標の小楢は十年を越ゆ

分去《わかされ》れ

薄れゆく霧より疎らに現るる櫟の実の赤き艶めき

撓らせて風を迎える秋明菊かろやかに見えし花の重さよ

道を越え伸ばせる枝が水を打つ魚呼ぶごとく老いたる松が

ステッキで毬栗を突く女人おり野菊の続く墓地への道に

ぽっかりと林に池が　樹の間の空に浮かべる雲を映せる

コスモスの戦ぎを過り分け去いへ草深き道好める君と

鼾

沢音の満ちたる部屋に隣り合う友の鼾も土産のひとつ

寝言には現役時代を思わせる詰問調も時にありたり

いつの間にテーマは病　国の　いや互いの身体の　それも良しとす

マネーロンダリング

谷戸ふかく侘助咲ける家並行く郵便受けに佐助二丁目

笊に乗せ二百円を潜らせる水面にゆれる吾の顔の下

銭を洗うそんな社へ辿る坂マネーロンダリングのスペル思いつ

鈴を振り頭を垂れて願掛くる児の背はいつになくまるし

子と孫と連なり立てる渚まで日の出が波に乗りて来たりぬ

埴輪

春昼の弥生時代《やよい》の里に吹く風か埴輪の裾にひとしきり翳る

銅鐸の面にくきやか線条の鹿の雌雄は戯れており

うすばかげろう

敗残兵連なるごとし十九号台風過ぎたる銀杏並木は

隣家も向いもひとり我が家もいずれどちらか一人が消ゆる

大風の過ぎたるあした冠雪の富士《ふじ》山を背に咲く十月桜

しもばしら崩れる音のみじかくもまあるく軽い曾祖母なれば

過去帳を繰る指先に裏山ゆうすばかげろう飛び来また去る

初詣

二十年越ゆる習いの初詣願いは近頃小さくなりぬ

妻もまた数えておりぬ鎌倉の八幡宮の六十段を

手は繋ぐものにあらずと吾が腕を手摺の代わりに妻は段踏む

きっちりと二礼二拍一礼を合わせた二人のそれぞれの願

柊の枝

紅梅のひらき初めたる枝越しに摑みどころなき如月の空

暗闇の狭庭にむけて豆を撒く隣近所に聞こえぬ小声

加減良く焼かれ　鰯は柊の枝に貫かれ鬼門に掛かる

ひとひらの雪てのひらに溶けゆけるこのたまゆらを我も共にす

厨辺のレモンに朝日差し来ればミモザを挿す少女の浮かぶ

早緑の星の形にひらきゆく蕗の薹濡らす雨のぬくもり

さわらぎの枝のほそきを鶫の番の揺らす寒あけの朝

隣家の仏間の窓に明かり入るかの日も確か時雨のありき

マスク

山椒の小枝の緑に顔を寄すマスクを右の耳のみ外し

到来物の筍湯掻く傍らで我が家の蕗の皮を剝きいる

江の島を影となしたる日没の小動《こゆるぎ》岬に陽は細りゆく

緋に染めるフランスの野のコクリコをＺＯＯＭで風まで覗き眺める

夕映えは母に抱かるるここちする葬りし日の赤さ違えど

ひとさらい

穏やかな海面を見れば泳ぎても子を訪ねむとの願いを思う

「サーカスに売られる」ことなく攫われたままの娘に会えぬ父の死

茗荷

泥流に触れむばかりのあじさいの花揺すりつつ雨降り続く

夕闇に明かりとも見ゆのうぜんかずら社に今年は響かぬ太鼓

ゆうらりと下がり匂えり栗の花青年という時代のありき

近頃は流行《はやり》になりしジューンベリー隣の庭に熟れゆく時間

いちにちの長きを思う庭先に茗荷のつのの伸びゆくさまは

隣屋の屋根の角度を計りつつトマトの苗を今年も植える

ひと粒のますかっと口にはじけさす八月のことを語りし後に

ダリ風の時計を手首に光らせて八月六日駅へ急げり

窓ガラス体震わせ上りゆく蟬がときおり吾に目を遣る

転居通知

皿洗いも楽しからずや皿と鉢勢いのありし吾の手捻り

明らかにシニアハウスへの転居通知我らより若き二人の

大晦日小水に立ちそのままに逝きたる父の運を羨む

グーグルに我が家を覗けば葺き替えを未だする前の暗き色なり

えもい、やばい、奇声を交わす世にありて言葉は何を背負いて生きむ

立葵

艶やかに赤銅色の葉を拡げ朴葉売らるる上三之町通り

飛騨国の木材見本に加わりてわが家に繋る榿も並ぶ

月を待ち月の歩みを目に追いつ窓辺に椅子をふたつ引き寄せ

柿の実の下に出で来し月　丸ごと上から照らせるまでを見き

ひとひひとひ上り咲く立葵もうひとひを願いたる日風にうたれぬ

所作

赤松の幹も紅葉を照りかえす光を沈める苔の小波

竜胆の濃き紫の四阿に滑川よりとどくせせらぎ

裾捌き座る立つ寄る摺る躙る作法にはあれ悩ましき所作
ウェブで覚えた着付けと言う青年正客に座す面明るし
香るのか匂うのかと問われなば手に触るほどの近きに匂う

木瓜の花

真夜の地震《ない》雨戸あければ幽かなる月の明かりに紅梅震う

地に近くこごみて眺む木瓜の花同胞の無き故郷に春

七人の小人

さくらちる舗装道路にいつになく尾を引きゆるり蜥蜴があゆむ

うら若き柳の枝に寄り添える枝垂桜の紅がひらく

しどけない　その初句おきて芍薬の開き切りたる花を眺める

ふたつ欠ける七人の小人階段に今朝の調子を訊くかのように

満天星

ピカソならぬ幼児描ける吾の肖像十年先を予見しておりぬ

地を覆い日を撥ね返す銀杏の黄葉スケボーの児の目を眩ませる

紅葉する鈴懸の樹の間を行く秋の奥処へ落ち行くごとく

暖をとる燠にも似たり霜月の夕べの庭に満天星赤く

余生とは老後の人生とあり　正月のような仕切りが欲しい

元旦の日記の書き出しその一行決まらず削るトンボ鉛筆

モンブランのロイヤルブルーに憧れてサインは今なおこの明るさを

あさまだき東の空に金色の爪の形に月の残れり

対話と微睡と

真中　朋久

第一歌集『慣らしの時間』から十年。大久保明さんが第二歌集をまとめるという。嬉しいことである。

歌会でお会いする大久保さんの姿は印象的だ。少し首をかしげながら、「それでいいのでしょうか」と問いかける。曖昧なところで納得したことにするのではなく、しかし、自説に固執するのでもなく、他者に問いかけ、自問自答をしながら考える。言われたとおりにやってみるとか誰かの真似をしているうちに上達するということはあるもので、そうするほうが上達は早いかもしれないし、形の上達に表現の内実が追いついてくれれば儲けものだが、なかなかそういうわけにもいかない。

大久保さんは納得しない。流行を追わない。他人の作品が褒められているのに対して首をかしげる。自分の作品についても納得しない。納得していないから考え続ける。そんな大久保さんの作風は堅実で、大きくは変化することはない。大きくは変化しないが、しかし日々のできごとと向き合う中で、少しずつ深くなる。都会的でスタイリッシュであり、同時にいくらか無骨なたたずまいもある大久保さんの作品は味わい深い。

いくつか作品を紹介してみよう。いささか私的なことになるが、大久保さんと私は同郷ということになる。茨城県といっても県北と県南ではずいぶん違うのだが、常磐線沿線ということで、たとえばこういう作品の風景に親しみを感じている。

ふたつ峰持つ筑波山くきやかに常磐線は鉄橋渡る
ふたつ峰ひとつに見ゆる地に在りて母はひと世を静かに終えぬ

筑波山は東京からも遠望することはできるが、それでも土浦あたりから見る姿は美しい。年末年始の帰省の頃など、空気も澄んでいるから、それこそ「くきやか」なのだ。二首目の描写がことに印象深い。美しい双耳峰として親しまれている山の姿は、麓からはむしろ見えにくかったりするし、作者の故郷は二つの頂上のうちの一つがもう一つの影になってしまうところなのだ。父が亡くなり、そののち母が亡くなるということが地形の描写に重ねられているというのは深読みに過ぎるだろうが、「ふたつ」「ひとつ」「ひと」というハ行音、

「峰」「見ゆる」「世」のミ音とヤ行の音のつらなりに、たゆたうような思いが感じられるのではないだろうか。

この作品は母の挽歌と読めるが、じつは第一歌集に、こんな作品がある。

一周忌終えたる母の風呂敷に包まれてあり父の日記が
百姓の生涯なりき吾が父は蚕紙の端切れに歌を記せり
最晩年一日一首の歌を詠み父は逝きたり大晦日の朝

十年前の歌集に、母の一周忌のこと、さらに以前に亡くなった父のことを詠っている。つまり、このたびの歌集での亡き父母への思いを詠う作品は、かなり時間を置いた回想ということになる。回想といっても、思い出したというよりも、しばしば、事あるごとに思い出しているという感じではないか。

ふたたび今度の歌集から。

八十歳越えたるころより密かにも日記の端に歌記す父
時により父の日記と対話するそれ以上老いることなき父と

母の風呂敷に包まれていた日記をときどき読む。命日のたびにというよりは、もう少し頻繁に、座右に置いているような感じだろうか。読むというよりも「対話する」と言っている。日記を書いていたころの父親の年齢に達し、老いを深めてゆく中で、行間の思いなどもさまざまに感じられるようになっただろうか。

じつに、その年齢のこと、あるいは人生の時間というものが、おそらく前歌集から今歌集に通じて作者の大きなテーマということになっているだろう。そしてそれは作者個人だけのものではなく、普遍性をもっており、読者の心にも響いてくるものであるはずなのである。

言うまでもないことだが「蚕紙」や「日記の端」の短歌が大久保さんを短歌に誘ったということも想像に難くない。

母についての作品にも印象的なものがある。母の姿、動作を思い返し描写することも「対話する」ようであるだろう。

雨の日は畑に出でず機を織る母にとっての休息なりき
お蚕《かいこ》の桑食む音か真夜の雨いずこに宿らむ逝きたる母は
筬《おさ》も杼《ひ》も覚えておれば臥す母は手指をしきりに空におよがす

さきほどの作品に「蚕紙」が出てきたように、養蚕のさかんな土地であった。作者の記憶の中にも「桑食む音」がありありと甦る。雨が降るたびに、その音を思い出す。繭を生産するだけではなく、糸つむぎから機織ることまでしたのだろう。晴耕雨読ではなく雨の日は屋内作業である。機織りが「休息」ということに、農作業の重労働を見ている。ここでは三首めがとくに印象的だ。思い出を語りながらなのか、すでに意識混濁の中で身体が覚えている動作をしているのか。後者として読むほうが味わいは深いように思う。

故郷と亡き父母にかかわる作品はよい歌がたくさんあるが、それ以外の作品を少し読んでみよう。

今日もまた駐車スペース借りに来る病む父見舞う隣家の子は
若き日の友ら現れず告別式ひとすみに香の淀みてありき

隣近所の付き合いの「駐車スペース」は現代的な題材ではあるが瑣事に属すこと。ただそれが隣人の病と、それを見舞いに来る子が乗ってくる車のためのものであるとなればいささか重みが出てくる。小さな子どもの頃から知っている「隣家の子」がその父を見舞う。作者自身の父母や故郷が歌集の主要なテーマの一つであれば、その変奏をここに読むこともできるだろう。

二首目は同じ一連にあって隣人の葬儀の場面。親しい隣人であり共通の友人も多かったのだろう。この作品は「若き日の友ら現れず」ということに歌の重心がある。壮年期までならば行き違いなどによって疎遠になったとも読むだろうが、それぞれが高齢になって外出も困難になったり、そもそも先にこの世からいなくなっていたりする。そういうことをあらためて感じることになる。

故郷や父母、親子を第一主題とするならば、夫婦は第二主題と言ってもよいだろうか。第一、第二と言っても軽重ではない。前者が時間軸、後者は同時代の、日々をともに暮らしている関係であり、もとよりまったく別の軸というものでもない。

第一歌集には、ほとんど「妻」は出てこない。おそらく小旅行の歌の、多くの場合に、その傍らには妻がいたのだろうけれど、歌の題材にはならなかった。

その妻の大病は、作者の生活にも大きな変化をもたらすことになる。

やっと今日は腫瘍の文字を覚えたり妻の頭部に密かに宿る

モニターに妻の脳内覗き見る夕暮れ時の入り江の影か

手術室へ妻を送りて半日を水族館の魚となり過ごす

最近は手書きすることが少なくなって、読めるけれど書けない漢字は多くなった。「腫瘍」というのも、身近なことにならなければその字の偏と旁を意識することもなかっただろう。発病から、その後の検査、治療方針についての医師とのやりとりの中で、何度も書類に目を通したり記入したりしなければならない。そのいちいちの煩雑さや事態の重さが「やっと今日は～覚えたり」に滲む。「夕暮れ時」「水族館」も印象深い比喩だ。一人残されたような風景だが、妻が傍らにいた旅の一場面などもそこに重ねられるかもしれない。待つほかはなく、時々立ち上がっても病院の中をぐるぐる回るしかない。大きなガラス窓に「水族館」という言葉が呼び寄せられたのだろう。

日々草をそろそろ植える頃よねと妻の心に季節は移る
妻の身を久方ぶりに受け止めて上りゆくなりゆるやかな坂
五十年前の二人に戻りたり四条鍵善葛切りの椀

入院は長期におよぶ。やがてゆっくり回復してゆく過程で、身体を支えたりする。三首目は旅ができるまでに回復してからのことだろうか。若い二人に五十年後が想像できていたかどうか。こんな場面も、言わば時間を越えた対話である。

いくらか家族の歌に片寄った読み方をしてみたが、それ以外にも魅力的な作品がたくさんある。

亀の背に乗りて渡らむ春泥のとろりゆるりと艶めく蓮田
中宮寺弥勒菩薩の肩の辺に吾をあずけて微睡《まどろみ》ており
糸を垂れ波に揺らるる釣り人を午睡の続きのごとく眺むる
夢ふたつ一夜に見しは哀しきをいずれにも出でぬ人のありけり

土浦のあたりは蓮根の産地で、常磐線沿線には「蓮田」が広がっている。その風景の中に漂ってゆくような一首め。二首めは別の場面だが、微睡の中で隣席の人の肩が仏像の肩になっているというのは中世の説話を思わせる。釣り人の時間と、それを見ている側の時間と、これも東洋の水墨画のような味わいがある。夢の中に出てきた人を思うのは自然だが、「出でぬ人」ということに、より強い思慕を感じるべきだろうか。

半分は現実のようで、どこか夢幻の世界に広がってゆくような、微睡のなかに浮かんでくるものがある。人生時間は一睡の夢と言うこともできようが、それでも亡き人や自分自身の過去との重みのある対話を背景に、それら夢幻的な作品の魅力が浮き上がって感じられてくるのではないだろうか。

一つひとつの作品に味わいがある。そして歌集一冊となったときに新たな印象が立ち上がる。作品は作者と作者の世界の対話であり、世界の感受である。読者もまた読むことによって自身の世界との対話、あるいは微睡の中の感受を促されることにもなるだろう。そのように促されることが作品を読む喜びである。

多くの人にこの歌集を読んでいただき、喜びをわかちあってもらいたいと願うのである。

あとがき

平成二十四年九月に第一歌集『慣らしの時間』を出版しました。その際にお世話をいただいた、「塔」短歌会選者真中朋久氏より、次は十年後だね、と励まされほぼ十年を経て、その間の作品の中から四百二十首を選び、再び真中朋久氏にご指導を受け、第二歌集『微睡』を出すことが出来ました。さらに「対話と微睡と」の一文を寄せて頂きましたことに深く感謝申し上げます。

古希から傘寿という、自分自身を取り巻く社会的環境、そして肉体的にも精神的にも変化があり、私の歌にもそれが表れているように思われます。第一歌集には旅行詠あるいは叙景歌といった歌が多くありましたが、今回は身辺を題材とした歌が多くなりました。中でも父に関わる歌が比較的多くあります。父は農家の長男として生涯農業に従事し日記を残しておりました。父の死後七年、母が亡くなり遺物を整理中に父の文箱に日記の他手紙などが残されておりました。その中に生涯の友人と聞かされていた「嶋田君」なる学校時代の級友から送られた「塔」の「方舟」のコピーがありました。それは「塔」に私が入会してから四年ほど後のことでしたので、方舟は塔の歌誌の一部であることが分かりました。今回の編集中に真中氏に調べて頂き、父の亡くなる八年前、平成二年七月号であることが判明しました。私の推測ではその頃に父は短歌を作ることを、その友人を通じて覚えたらしく広告の余白や日記の最後に短歌らしきを記しておりました。父は年末に死去しましたので、最晩年の一年間の日記に記された歌を歌集として私がまとめました。なにやら塔との縁を感じています。

青磁社の代表で塔選者の永田淳氏には出版にあたって多くの助言を頂き感謝申し上げます。また手掛けられた多くの歌集の装丁に強い魅力を感じていた濱崎実幸氏にはまったく想像も出来なかった素晴らしい装丁を頂き心より御礼申し上げます。

令和四年一月

大久保　明

塔21世紀叢書第405篇

歌集　微睡《まどろみ》

初版発行日　二〇二二年二月二二日
著　者　大久保　明
横浜市栄区桂台中一九—二六（〒二四七—〇〇三四）
定　価　二五〇〇円
発行者　永田　淳
発行所　青磁社
京都市北区上賀茂豊田町四〇—一（〒六〇三—八〇四五）
電話　〇七五—七〇五—二八三八
振替　〇〇九四〇—二—一二四二二四
https://seijisya.com
装　幀　濱崎実幸
印刷・製本　創栄図書印刷

ISBN978-4-86198-529-4 C0092 ¥2500E